시로 담은 영천
별빛에 물들다

허남준 시집

한누리미디어

머리말

밀어내지 않아도 가는 세월 안고 머물다
떠날 때를 알고 이별을 준비하는 계절이지만
코로나 바이러스로 인하여
삶의 무거운 마음을 가질 때도 있는 것 같다.

인간은 누구나 태어난 고향을 마음에 간직하고
가끔 그리움에 젖어들기도 한다
필자 또한 마음에 간직한 고향 땅을
몇 년 동안 선조들이 남긴 귀중한 문화유산을
답사하고 느낀 점을 시로 담아 보았다.

오랜 역사와 문화유산을 많이 간직한 고장임에도 불구하고
박물관이나 문학관 하나 간직하지 못한 것도
필자로서 쓸쓸한 마음을 감출 수 없는 것도 솔직한 심정이다.

끝으로 이 시집을 출판할 수 있도록 한국예술문화복지재단에서
창작지원금을 일부 제공해 준 것에 대해 감사드리며
이 시집으로 인하여 독자들의 고향은 달라도
각자 태어난 고향을 가슴에 한 번 담아 보았으면 하는 마음으로
두 손 모은다.

차례

1부_ 영천북안

2부 _ 금호대창

차례

3부 _ 청통 · 신녕

4부 _ 화남 · 임고

차례

5부 _ 자양 · 화북

6부 _ 대구선

제 1 부

영천북안

호연정
영천읍성
조양각
영천시장
영천지구 전승비
금강산성
영천 청제못
영천 호수종택
마현산 영천지구 전적비
완귀정
북안 도계서원
금호강의 겨울철새

호연정 – 병와유고(甁窩遺稿)

묵향을 맡으며 글을 쓰는 옛 선비들
영혼이 가득 스며 있는 호연정(浩然亭)
유유히 흘러가는 구름의 자국마다
지난날의 그리움이
저녁노을에 젖어 흐르고 있다

때가 되면 버릴 줄 아는 청빈한
마음으로 살아가려는 선비정신이
묻어 있는 정자는 후학을 가르치는
선생의 목소리 들리는 듯하다

권력의 무상함을 바람결에 흘려놓고
구곡을 감아 흐르는 금호강을 바라보며
냉혹한 자기 성찰을 통해 마음의 창을 열고
먹을 갈면 그 묵향이 가득히 묻어
집필한 책들은 보석처럼 빛난다

*조선 숙종 때 문신인 이형상의 호는 병와이며 책은 유고본이다(1979. 8. 보물 652호로 지정됨). 이형상은 숙종 3년에 문과에 급제한 후 청주목사, 동래부사, 경주부윤, 제주목사 등을 지낸 후 벼슬을 사양하고 영천 성내동에 호연정을 짓고 30년간 후학양성에 노력하였다.

영천읍성(永川邑城)

성은 허물어져 자취만 남은 성터
깊어가는 밤하늘에
달과 별을 바라보며
애잔한 풀벌레 울음소리
묻혀 보내고 있다

묻혀 온 지난 세월 동안
가물가물 허물어진 성
뒤돌아보면 성이 아니고
풀숲 우거진 가운데 언덕일 뿐이다

묵묵히 성을 쌓아 올린 사람
성을 지킨 사람은 다 떠나고
기억하지 못하는 바람에 날리는
낙엽만 쌓이고 그리움은 설화로
들려온다

조양각(朝陽閣)

낮과 밤을 가리지 않고
가야 할 길 찾아가는 금호강 맑은 물속
밝은 달은 서세루(瑞世樓)를 비추는데…

절벽엔 바람에 꺾이지 않는
갈대꽃은 익어가는 가을바람에
하얗게 말라만 가고
유유히 흘러가는 구름의 자국마다
조양각은 저녁노을에 젖어들고 있다

그 옛날 선비들의 숨소리 들리는
누각에 걸린 명현들의 시액(詩額)들은
어제도 오늘도 붓 끝에 젖어 흐르는
묵향이 기억하지 못하는 바람에 스쳐간다

*조양각은 1368년(공민왕 17) 부사 이용(李容)이 '명원루(明遠樓)' 라 이름지어 창건하였으나 1592년(선조 25) 임진왜란 때 소실되었고, 그 후 1637년(인조 15) 군수 한덕급(韓德及)이 누각 15칸, 협각 3칸을 중창하여 이름을 '조양각' 이라 개명하였다. 그러다 1742년(영조 18) 당대 명필가로 알려진 군수 윤봉오(尹鳳五)가 세 번째 중창하면서 '서세루' 라 개칭하였다.
영남 7대 누각의 하나인 서세루에 걸린 시액들에는 포은 정몽주, 율곡 이이, 노계 박인로 등의 시 70여 편이 판각되어 있다.

영천시장

영남 삼대시장의 하나인 영천시장은
내륙으로 연결하는 교통중심지로
허브 역할을 하는 오일장은
삶의 흔적을 물씬 풍긴다

농부들의 영혼을 먹고 자란 농산물
도시에서 만들어낸 공산품
높은 산 맑은 물에서 자란 임산물이 모여 있는 곳에
팔려는 사람 사려는 사람들이 북적대며
삶의 활력이 넘쳐흐르는 듯하다

비릿한 바다내음이 묻어 흐르는 생선가게는
돈배기(상어고기)를 비롯한
각종 수산물이 진열돼 있는 곳은
사려는 사람들이 눈길을 멈추면
팔려는 상인들 눈빛이 서로 마주보기도 한다

추운 겨울 가마솥에 김이 무럭무럭 솟아오르는
소머리곰탕 식당 골목엔
손님들이 모여 담소하는 소리에
막걸리 잔을 나누며 입맛을 돋우게 하기도 한다

세월의 흐름에 따라
옛 모습은 찾을 수 없는 큰 시장이지만
그 시절 규모에 따라 아직도
오일장이 열리는 날이면 그리움이 흐르는
시장으로 삶의 길섶에 깊숙이 자리매김 값을
하고 있는 듯하다

영천지구 전승비

조국의 운명을 건 갈림길에
총탄이 비 오듯 쏟아지는 전선에서
목 놓아 울어대는 전우의 목소리
들리는 듯한 전승비는
흐르는 역사 앞에 까마득히
멀어져 가는 느낌이다

피눈물 흘리며 지켜낸 땅
끝내는 메마른 전승비만
남긴 것인지
물음으로 거슬러 온 그날의 절규를 담아
흐르는 금호강은 말이 없다

*영천지구 전승비는 1950년 9월 5일~9월 13일까지 9일간 치러진 영천지구 전투에서 끝내 북한군을 퇴각시킴으로써 6.25 한국전쟁의 국운을 바로잡은 큰 전투이며 그 전공을 기리기 위해 세워진 비이다. 글씨는 초대 대통령 이승만의 친필이다.

금강산성

세월의 흔적을 남긴 성터에서
잡힐 듯 바라보는 푸른 허공
달과 별들은 제자리에서 빛나지만
뒤돌아보면 성은 성이 아니고
풀숲 우거진 가운데 언덕일 뿐이다

성을 쌓던 사람과 성을 지킨 사람은
모두 떠났지만
그리움을 신화로 쌓아올린 혼축성(토성)은
겹겹의 황혼만 질펀하고
뜬소문만 얼섞여 뒤숭숭할 뿐이다

영천 청제못

채약산 초록 향기 가득 풍기는 산자락
천년 세월을 간직한 듯
바싹바싹 타들어가는 논과 밭
알곡을 영글게 하고 생명수를
촉촉이 적셔주는 민풍을 담고 있다

따사로운 햇살이 비추는 산자락
산 그림자 저수지에 내리면
느끼지도 못할 바람에도
그림자는 일렁이고
물무늬로 주름을 만들며
고즈넉했던 호수는 말을 걸어온 듯하다

*청제못 : 신라 법흥왕 23년에 축조된 것으로 추정하고 있으며 저수지 연대를 간직한 청제비석은 대한민국 보물 제517호로 지정.

영천 호수종택(湖叟宗宅)

산은 오롯이 제 모습 드러내고 있는
산자락
아픔을 간직한 주춧돌 위
세워진 목조 건축물은
흙과 살고 별을 보며
묵묵히 안으로 안으로만
가슴앓이 태우는 듯하다

적막감마저 감아 도는 종택은
시간을 다독이며 지탱해 온 세월만큼
가슴 태운 종부의 삶이
그리움으로 묻혀 흐른다

세월의 무게만큼 종택을 지켜보고 있는
초록빛 향기 피어나는 향나무(삼백년)는
글밭을 누비는 선비정신을 아는지
오늘도 푸른 창공을 바라보며
고독에 잠겨 있는 듯하다

* 호수종택 : 경상북도 유형문화재 제90호.
향나무는 영천시 보호수.

마현산 영천지구 전적비

이름 모르는 산야에서
포화에 쓰러져 간 전우들의 목소리
들리는 듯한 전적비
애잔한 풀벌레 울음소리
아 무거운 가슴이여

금호강을 품은 마현산 정상
가슴을 찡하게 만든 화강암 석벽
전우를 끌어안고 절규하는 아픔이
가슴 안으로 젖어오는 슬픈 역사여

* 영천지구 전적비 : 6.25 한국전쟁 당시 영천지구 전투에서 전사한 국군장병 1250명의 넋을 기리기 위해 1980년에 건립되었다.

완귀정(玩龜亭)

오백년 역사와 아픔을 간직한
고택과 정자는
종부의 삶과 선비들 묵향(墨香)이
겹겹이 묻어 있어
삭이고 새김질하여도 애환만 남아
뿌리까지 파고드는 그리움은
더해 가고 있다

은은한 달빛 아래
텅텅 빈 외로움 모아 흐르는
흰 구름 바라보는 정자와 고택은
호계천 맑은 물에 숨어드니
세월 따라 흐르는 물은 말이 없다

*안중 선비는 인종이 세자로 있을 때 학문을 가르쳤으나 인종이 등극한 지 1년도 못 되어 승하하자 낙향하여 1546년(명종 1) 건립하였고, 1695년(숙종 21)에 중수하였다.
완귀정 ; 경북 지방문화재 제20호.
육우당 ; 경북 지방문화재 제594호.
400년 된 삼과당과 고택, 기타 유산을 보존하고 있다.

북안 도계서원

구릉야산 산빛 들빛 고요한데
옛 선비들의 가르침이 오롯함을 간직한 서원
삶을 깨우는 참된 이치의 장으로
인생의 깊이를 더하는
지혜를 살폈다

숲 향기 물에 젖어 영화롭던
그날 그 시절
선비들의 곧은 학문
초록 바람으로 묻어오니
시(詩) 한 수 가슴에 품고
지난날을 그린다

*도계서원(道溪書院)은 경상북도 영천시에 있는 서원이며, 노계(蘆溪) 박인로(朴仁老) 선생의 가르침을 기리기 위해서 세웠다. 경북 유형문화재 제68호. 특히 노계 박인로 선생은 송강 정철, 고산 윤선도 등과 함께 조선 가사문학의 삼대 시성(詩聖)으로 불리며, 그의 대표 작품으로는 조홍시가, 선상탄, 사제곡, 누항사, 영남가, 노계가, 입암별곡 등이 있다. 참고로 영천삼현은 포은 정몽주, 최무선장군, 노계 박인로 등을 꼽는다.

금호강의 겨울철새

얼어붙은 하얀 서리꽃도
외롭게 빛나던 쓸쓸한 새벽달도
사라진 금호강
겨울새들이 물놀이로 하루를 시작하는 강이지만
마음은 늘 불안하기만 하다

떼 지어 날아와 날개 접어 잠시 앉은 강이지만
코로나19로 싸우는 사람들처럼
각자 삶을 위해 모였다가 흩어지며
강물 속 날개를 담그고
강바람에 몸을 흔들며 물길 따라
자맥질하는 순례의 강을 건너고 있다

제2부

금호대창

금호강

강변 긴 둑길을 혼자 거닐며
사르르 불어오는 바람에 팔랑거리는
이파리 그날 그대로인데
구곡이 감아 도는 강물은 세월 담아 흐른다

파아란 하늘 햇빛 머금은
흰 구름 물결은 저녁 무렵
석양에 물든 붉은 주홍빛 전경이
눈길 닿는 곳마다 아름다운 강
머물다 가는 나그네 가슴에 그리움으로 젖어 흐른다

스스로 자정(自淨)하여 흐르는 강물은
해와 달 따라 차례대로 넘실거리며
내 고향 민풍을 담아
물굽이 아홉 굽이 비단 폭 고운 빛이
흘러흘러 낙동강으로 찾아 흐른다

*2020년 한국현대시인협회 사화집 상반기호 발표/ 2020년 한맥문학가 협회 사화집에 발표.

금창교

금호강 삼백리 가로놓인 낮은 금창교 건너
꽃향기 능금향기 풍기는 온통 능금 밭이었다

초등학교 시절 금창교 아래
가만가만 흐르는 강가
빨래하는 아낙네들 물놀이하는 아이들
비가 조금 많이 내리면 낮은 교량은
물에 잠기어 학교 가지 못하던 추억
저녁노을에 젖어 흐르고 있다

석양 노을이 물들어 가는
은빛 금빛 출렁이는 강물 따라
피라미 버들치 뛰어노는 풍경
세월에 사라진 낮은 금창교
지난날을 뒤돌아보는 그리움의 고향 하늘이여

금호초등학교 · 1

오곡이 무르익어가는 금호평야
자리 잡은 학교
찬연한 과거와 현재를 빛내주는 학교는
생동하는 역사를 느낀다

백년 역사를 간직한 학교
앞에는 구곡이 감아 도는 금호강이 흐르고
뒤에는 대구선 철길이 가로 놓인 교정
역사와 함께 걷는 역사의 길로 흐르고 있다

세월의 흐름을 간직한 교목(校木, 향나무)은 말이 없어도
옛 향기 그리움을 바람에 초록 향기를 토하며
푸르름을 간직하고 있는 교목이여

천오백 명이 넘는 어린 학우들이 모인 넓은 운동장
교장선생님 말씀과 교가를 부르던 옛 생각
수업 시작과 끝남을 알리는 땡땡 울리는 종소리
세월에 사라진 목조건물 교실
옛 생각 그리움만 더해가는 학교여

*1923년 4월 26일 금호보통학교로 개교.
1926년 4월 26일 제1회 졸업식(4년제 141명).
1946년 6월 25일 금호국민학교로 교명 변경.
1996년 3월 1일 금호초등학교로 개명.

금호초등학교 · 2

기적소리 들리는 논두렁 밭두렁 사이사이길
금호강 건너 탱자나무 울타리 넘어
능금꽃 향가 풍기는 길로
책보자기 어깨 메고 학교 가는 어린 친구들
배움터인 초등학교 추억이 가슴에 젖어 흐르는 그리움이여

목조교실 마룻바닥과 창문을 닦던 생각
모두가 어려운 시절 점심시간
옥수수가루 죽과 분유를 넣어 끓인 우유를
배급 받아 먹던 일이며
넓은 운동장에 놀던 동무들은 지금은 무얼 하고 있는지
보고파라

세월에 변한 깔끔한 교사 건물 앞
넓은 운동장과 향나무는 그대로인데
고운 햇살 가득히 가슴에 담아 흐르는 학교
하늘처럼 맑아 보인다

오계 대성 저수지

파란 하늘 흰 구름 품고 있는 저수지
계곡물이 길게 굽이쳐 들어와도
소리 없건만
코끝을 스치는 물 향기는
가슴 깊게 젖어든다

바람에 잔잔한 물 주름 밀려오는 소리
풀벌레 울음소리 들리는
저수지 둑길을 걷다 보면
새들은 저수지 가를 휘돌아
먼 노을 속으로 사라진다

유봉산 죽림사

초록바람이 손짓하던 유봉산 산자락
자리 잡은 팔각지붕 극락보전
밤 하늘가에 달빛 푼 고요가 밀려들어
내 영혼 속살 아픈 숨결을 다독인다

상처 없고 아픔 없는 곳이 어디 있으련만
지난 전쟁의 상처와 역사를 간직하고 있는 사원은
낭랑한 목탁소리에 인연의 여린 숨결이
불심(佛心)으로 꽃피운다

바람과 햇살이 쉬어간 여백을 둔 도량(道場)
애절한 독경소리에 조용히 눈을 뜨면
영혼의 여울에 자비심(慈悲心)이 숨어든다

*죽림사는 고려시대 도선국사가 창건한 천년고찰이지만 임진왜란과 6.25 한국전쟁시 폐허가 되었으나 그 후 복원된 사찰이다. 철조 여래좌상은 경상북도 유형문화재 제425호.

신월리 삼층석탑

초록으로 숨을 쉬는 울창한 소나무 숲
햇살 한가득 품고 있는
맑은 저수지 둑길 아래
천년 세월의 상처를 품고 있는 탑은
지난날의 그리움을 침묵(沈默)으로
잠재우고 있다

하늘 멀리 피어나는
그리움이 노을로 물든 곳을 바라보는 탑은
빈 들판을 메우고 있는
금호 들녘을 바라보며
고독의 향기가 쌓인 아픔도
자비로운 숨결인가

*신월리 삼층석탑은 대한민국 보물 제465호.
신월리 소나무 숲은 경북 유전자원 보호림으로 지정되어 있다.

琴山堂
戊寅 初春

오계마을

나직한 야산 자락
바람이 쓸고 지나간 자리
송림(松林)이 낮게 둘러싼 평지마을
하늘을 향해 위풍당당하게 일어선 고택들
연연한 그리움을 뿜어내고 있다

묵직한 고요 속 파묻혀 있는
만취당과 금산당은
사대부 생활모습이 물씬 풍기는
침묵의 시간들이 젖어 흐르고 있는 듯하다

소나무 한 그루와 풀 한 포기
맑은 공기 간직한 동구 밖 노송(老松)들은
푸른 고독 햇살 위로
세월이 뒤척이는 아픔을 사루고 있다

*만취당 : 경상북도 중요 민속자료 제175호.
*금산당 : 경상북도 유형문화재 제333호.
*마을 앞 소나무숲은 전라도 병마절도사를 지낸 조학신(1732~1800)이 직접 심었다고 하며, 수령 220~250년생으로 천연보호림으로 지정받고 있다.

그리움

잠이 오지 않는 밤은 그리움이
달과 별이 된다
곱게 누운 산자락 따라 푸른 강이 흐르고
고향을 지킨 마실 앞 버드나무 숲은
세월이 흘러가도 가슴을 열어
찾아오는 나그네를 반기고 있다

까닭 없이 사무치는 고향길은 변하여
흙먼지 대신 포장된 도로와
그 옛날 능금 꽃향기 풍기는 길은 찾을 수 없지만
마실 앞 300살이 넘은 고목이 된 나무들은
무릎이 휘어지도록 초록 향기가
아리게 번지는 그리움이
아픈 가슴을 재운다

*마실 이름은 어은동(漁隱洞), 물고기가 모여 산다는 이름으로 집집마다 대문이 없으며 마실 입구는 버드나무로 숲이 이루어져 있다. 금호강변에 이루어진 농토로서 일제강점기에 일본 사람들이 심어놓은 능금나무(국광, 홍옥, 우와이(축), 인도, 골덴, 스타킹) 종류의 과수꽃길이 이루어져 있으나 지금은 산업화에 밀려 찾을 수 없다.

그리운 고향(어은) 마을

나직한 야산 산자락 골짝마다
한정된 공간 속 자리 잡은 초가집들
집집마다 대문이 없어도 도둑 걱정 없는 마을은
바람과 햇살이 쉬어가는
고즈넉함이 묻어 흐른다

솔향기 풀향기 묻어 흐르는 마을길은
밤이면 서성이는 달빛이
이슥토록 밝히는 그리움이 잦아든다

산그늘이 내려 하루를 지우는
어둠이 찾아들면 집 앞 논과 산
풀벌레 개구리 울음소리 들리는
푸른 고향 산천은 변하였지만
염연한 그리움이 별빛처럼 흐른다

세월의 흔적을 고스란히 간직한 동구 밖
왕버드나무 숲 고목들은 가지마다
초록 이파리는 진한 광채를 숲 사이로
일렁이는 청명한 바람결에
아픔을 털어내고 있다

*2020년 한맥문학가협회 사화집에 발표.

진덕재

세월 베고 길게 누운 흰 구름 바라보는
진덕산 산자락
자리 잡은 진덕재(眞德齋)
천 번 이즈러져도 변함없는
달처럼
환희와 풍성함이 가슴으로 젖어 흐르고 있다

눈부신 연초록 잔치가 한창인 계절
햇살 따라 부는 바람에 묻어오는
진초록 향기는
영혼을 맑게 하는 듯하고
인연의 씨앗을 움트게 하고 있다

*진덕재는 어은리 소재의 달성서씨 입향조인 판서공파 도남(道南) 서열(徐悅) 선생을 모신 재실이다.

오일장

내 고향 오일마다 한 번씩 열리는 장터
농부들의 영혼을 먹고 자란 농산물과
도시에서 만들어 낸 생필품과 함께
북적대는 삶의 흔적을 느끼게 한다

생선가게에선 비린내가 흐르고
추운 겨울 김이 무럭무럭 가마솥에
올라오는 입맛 돋구게 하는 국밥집엔
약속이나 한 듯 반가운 사람 만나
왁자지껄 막걸리 한 사발 뒹굴며
소식을 묻곤 한다

세월 따라 변한 오일장
옛 모습은 찾을 수 없지만
삶의 길섶에 숨결로 남아
그리움이 실린 바람으로 스쳐 가곤 한다

대창 도잠서원

구룡산 계곡물과 도화못을
품고 있는 서원
학문을 닦던 선비정신을
가슴에 안고 지난날을 그린다

선비들이 밟던 땅은
바람 같은 삶의 자국이 묻어 흐르고
민중의 삶을 아우르는 서원은
묵향이 묻어 있어
역사의 산맥처럼 흐른다

*도잠서원은 경상북도 문화재자료 제100호.

道岑書院

대창 영지사

인적 없는 오지산과 구룡산엔
녹음방초(綠陰芳草) 무성하고
붙잡는 산새소리 불심(佛心)으로 꽃피우니
시끄러운 번뇌망상(煩惱妄想)
영지사에 내려놓고
낭랑한 목탁소리 하늘 땅을 적시는구나

산색 맑은 구룡산 산자락엔
불심(佛心)으로 자리 잡은 팔각지붕 대웅전
견고한 마음으로 채색되고
침묵의 역사 속에 구원의 불타는
자비로운 숨결이여

* 영지사의 대웅전과 범종각은 경상북도 문화재자료 제207호.

대창 신광 지산고택

찬연한 그리움이
가슴에 젖어 흐르는 고택은
세월의 무게만큼
쌓인 아픔으로 지워지고 있다

때로는 생각나는
종부의 영혼이 스며들어 있는 고택
묵묵히 참아온 무게를 달 수 없는
침묵이 묻어
노을빛 서산마루에 젖어 흐른다

*조선시대 선조 때의 문신인 지산 조익호(1544~1609) 고택은 경상북도 민속문화재 제139호.

강정(江亭)

추워도 그 향기 팔지 않는 매화꽃처럼
권력의 무상함을 깨닫는 선비는
가슴 깊은 곳까지 후학을 가르치는
어두운 영혼들의 길잡이 등불이었다

한 그루 노송(老松)처럼 솔향기
메마른 영혼을 깨우는 듯하고
옛 향수 그리움에 젖어있는 정자는
세월의 묵은내 나는 묵향(墨香)이
서산 노을처럼 붉게 번지고 있다

* 영천 출신 소암 노수 선생은 39세에 진사에 합격하였으나 다시는 벼슬을 구하지 않고 후학을 가르치는 일에 전념하였다. 금호 강정마을 개울 건너 청석바위 절벽에 정자를 세워 학문을 강구하였으나 그 후손들이 대창 직천리에 새로 터를 잡아 중건하였다. 편액은 그대로다.

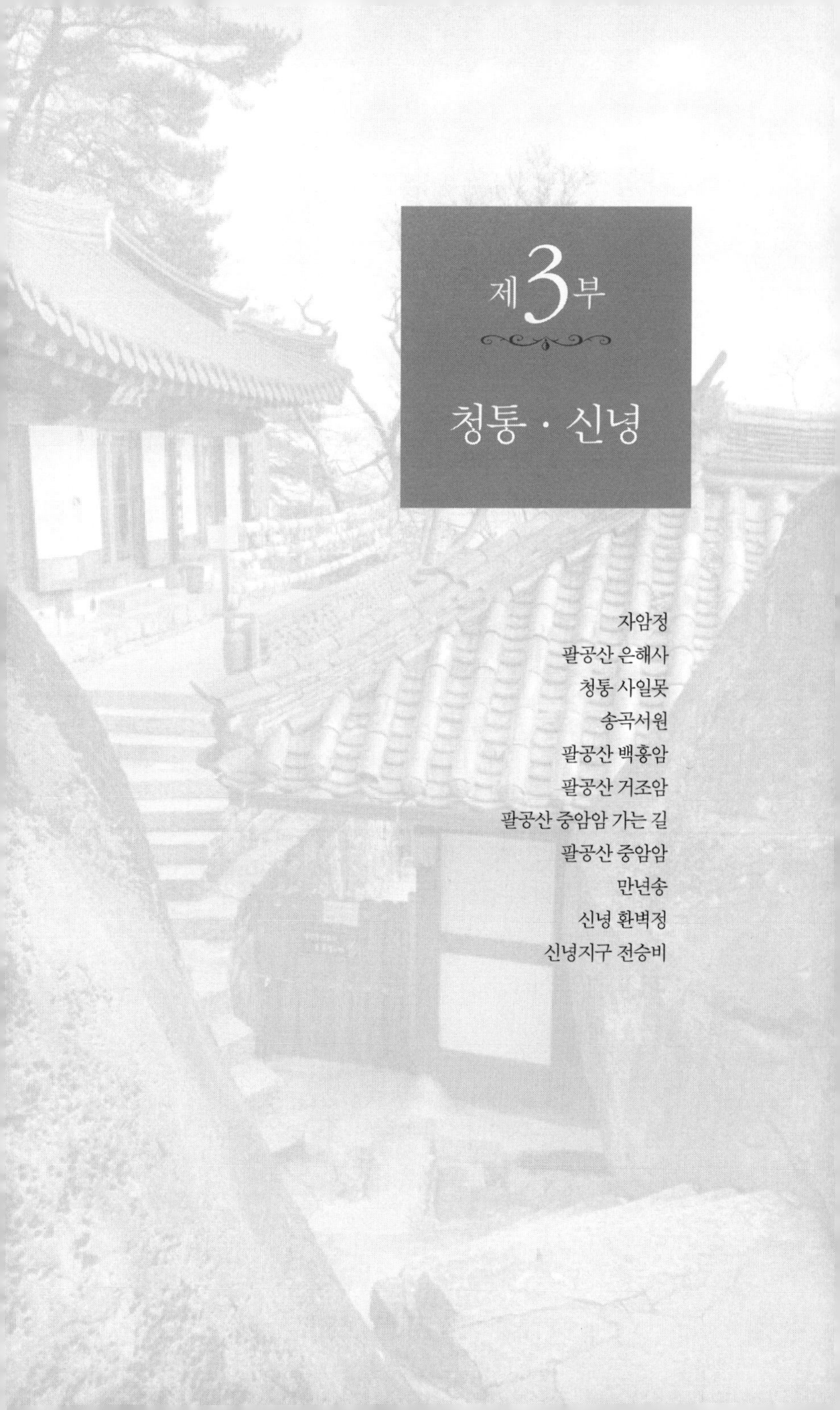

제3부

청통 · 신녕

자암정(紫巖亭)

초록향기 감아도는 향 그리운
봉화산(해발 299m) 자락 아래
후손들이 몸과 영혼을 담아 이룩한 자암정
세월의 아픔이야 바람결에 흘려놓고
묵묵히 지켜온 대쪽 같은 선비정신이
노을처럼 번지고 있다

오백년 세월의 묵은 시간을 간직한
선비의 고결한 기개를 높이 받들어
못다 피운 큰 뜻 의(義)로 이룩한 정자는
붓끝에 맺힌 긴 여운 이제야 알 것 같다

달빛이 하염없이 쏟아지는 밤
청량한 영혼의 울림이 들리는 댓잎소리
묵향을 맡으며 글을 쓰는 옛 선비
그림자가 묻어 흐르는 듯하다

* 영천 출신 조종대(趙宗岱, 1569~1635)의 자는 경첨(京瞻)이요 호는 자암(紫巖)이다. 자암정(紫巖亭)은 후손들이 공을 추모하여 세운 정자이다.

자암정

팔공산 은해사(八公山銀海寺)

밤하늘 가득 풀어놓은 팔공산 기슭
초록으로 드리워진 병풍 같은 담장
천년의 긴 세월을 건너온 대웅전(大雄殿)
고아한 아름다움은
방문객의 가슴 깊은 곳을 건드린다

은은한 달빛 아래
잠든 바위 깨우는 계곡물 소리
지치고 힘든 영혼을 깨우는 산사는
고승(高僧)들의 숨결이 숨어들어
중생(衆生)의 발길이 출렁인다

* 은해사 대웅전은 경상북도 문화재자료 제367호.
대웅전 후불탱화 및 삼장탱화는 제342호, 인종 태실이 제350호, 괘불탱화는 대한민국 보물 제1270호로 지정되어 있다.

청통 사일못

상쾌한 초록공기 머금고 있는
야산자락 저수지 맑은 물속
푸른 하늘 흰 구름 담아
바람에 일렁이는데

저수지 둑길 아래 넓은 금호평야
따스한 햇살과 맑은 바람을 먹고
자라나는 벼들은 푸르름만 더해가고
그 옛날 초등학교 시절 소풍 와서 놀던
회상(回想) 시간이 만나는 모습이여

실바람 일으키는 저수지 갓길을 지날 때마다
하늘을 품은 듯한 저수지
내 마음 속 고요한 물주름이 생기는 듯하다

송곡서원(松谷書院)

청량한 초록공기 휘돌아 머금은
팔공산 자락 자리 잡은 서원은
바람에 떠밀려 가는 흰 구름 바라보며
노을 속 그리움으로 사르고 있다

선비들의 만남과 이별 속 웃고 울며
보낸 세월이 낙엽처럼 쌓이고
흩어져 간 그 자리엔 댓잎소리 들리는
선비들의 삶과 묵향이 가슴 안에
별빛으로 돋아 흐르고 있다

*송곡서원은 대원군 때 훼철되었다가 1961년 지금의 청통면 애련리에 자리를 옮겨 복원되었다.

팔공산 백홍암

초록이 드리워진 병풍 같은 팔공산
바람도 숨을 멈추는 듯한 백홍암
세월의 무게만큼 찬연한 빛의
숨결이 젖어 흐르고 있다

인연을 끊어놓고 떠나버린 바람처럼
굳게 다문 선승(禪僧)들의 선방(禪房)
묵언(默言) 속 나를 찾아가는 길은
숨결도 멈춘 듯하다

수행(修行)승의 고행이 마음 속 불빛은
촛불로 밝혀지고 향기로운 극락전과 명부전
업보(業報)의 사슬로 묶인 중생의 목마름이
꽃으로 피어나길 염원하는 염불소리
영혼마저 석양 노을에 젖어 흐르고 있다

* 비구니(여승) 선방으로 일반 관광객의 출입이 금지되어 있다.
백홍암은 극락전 수미단(보물 제486호)과 감로탱화(보물 제790호)를 간직한 천년고찰이다.

靈山殿
TOUCH

팔공산 거조암(居祖庵)

녹음 짙은 팔공산 자락
초록 바람이 몸을 두드리는데
버릴 것 하나 없는 단조롭고 간결한
맞배지붕 영산전
속세의 시끄러운 번뇌망상(煩惱妄想)
내려놓으라 말한다

얼굴이 각각 다른 오백 나한 상은
점잖게 염주알을 돌리는가 하며
팔짱을 끼고 거드름을 피우기도 하고
명상에 잠기는가 하면
하늘을 우러러 탄식하기도 한 모습이
천태망상이다

* 거조암 영산전은 1962년 12월 국보 제14호로 지정.
삼층석탑은 경상북도 문화재자료 제104호.

팔공산 중암암 가는 길

푸르디푸른 숲속 산길 따라
걸어갈수록
초록 공기만으로 숨 쉬어라 말하며
업보(業報)의 찌든 몸은
땀으로 녹아내리니
청량한 폭포수에 씻고 가라 말한다

팔공산 중암암

까치집처럼 벼랑 끝에
매달려 있는 전각은
바위들과 벗을 삼고
한 발 앞은 천리 길 낭떠러지고
한 발 뒤는 절벽이니
여유 공간 하나 없는 거대한 바위는
중암암(中巖庵)을 품고 잠들어 있다

*중암암은 일명 돌구멍 절이라고도 한다.

바위 구멍을 지나야 만나는 돌구멍절 중암암

만년송

높고 높은 팔공산(八公山) 정상
한 줌 흙도 없는
육중한 바위 틈을 비집고
뿌리 내려 자란 만년송(萬年松)은
칼바람 찬 눈 서리 속에서도
홀로 푸른 빛을 잃지 않으려 하고
낮은 곳으로 낮추어 가며
인연 따라 살아가라 말한다

*만년송은 팔공산 중암암에서 서쪽으로 약 200미터쯤에 자리 잡고 있다.

신녕 환벽정(環碧亭)

벼루에 물을 붓고 먹을 갈면서
사색을 하는 선비들의 묵향이
묻어 흐르는 정자
달빛마저 채울 수 없는
외로움의 공백이 지난날을 그린다

바람이 흘리고 간 산기슭 정자
선비들의 만남과 이별 속 보낸 세월이
낙엽처럼 쌓이고 흩어져 가는데
시간 속 날아가는 혼자만의 고독이
새벽잠 털어내는
애잔한 벌레소리처럼 들린다

*신녕 환벽정은 영천 조양각 다음으로 긴 역사를 가지고 있는 정자로 정몽주, 유병선, 박인로 등 지역 외 많은 선비들의 시액 현판이 걸려 있다.

신녕지구 전승비

목 놓아 부르는 전우들
피와 눈물로 지켜낸 땅
우뚝 선 전승비는
회한의 호국 영혼들의 목소리
바람소리에 젖어 흐르고 있다

꺼져가는 조국을 살리기 위해
이 한몸 바쳐 치열한
용전 혈투 끝에 승리로 이끈 자리는
바람도 숨을 멈추고 있다

*신녕지구 전승비는 신녕전투에서 불멸의 전공을 세우고 장렬히 전사한 영령들의 영혼을 위로하기 위해 1958년 10월 30일 육군 제 1205 공병단에 의해 세워진 비이다.

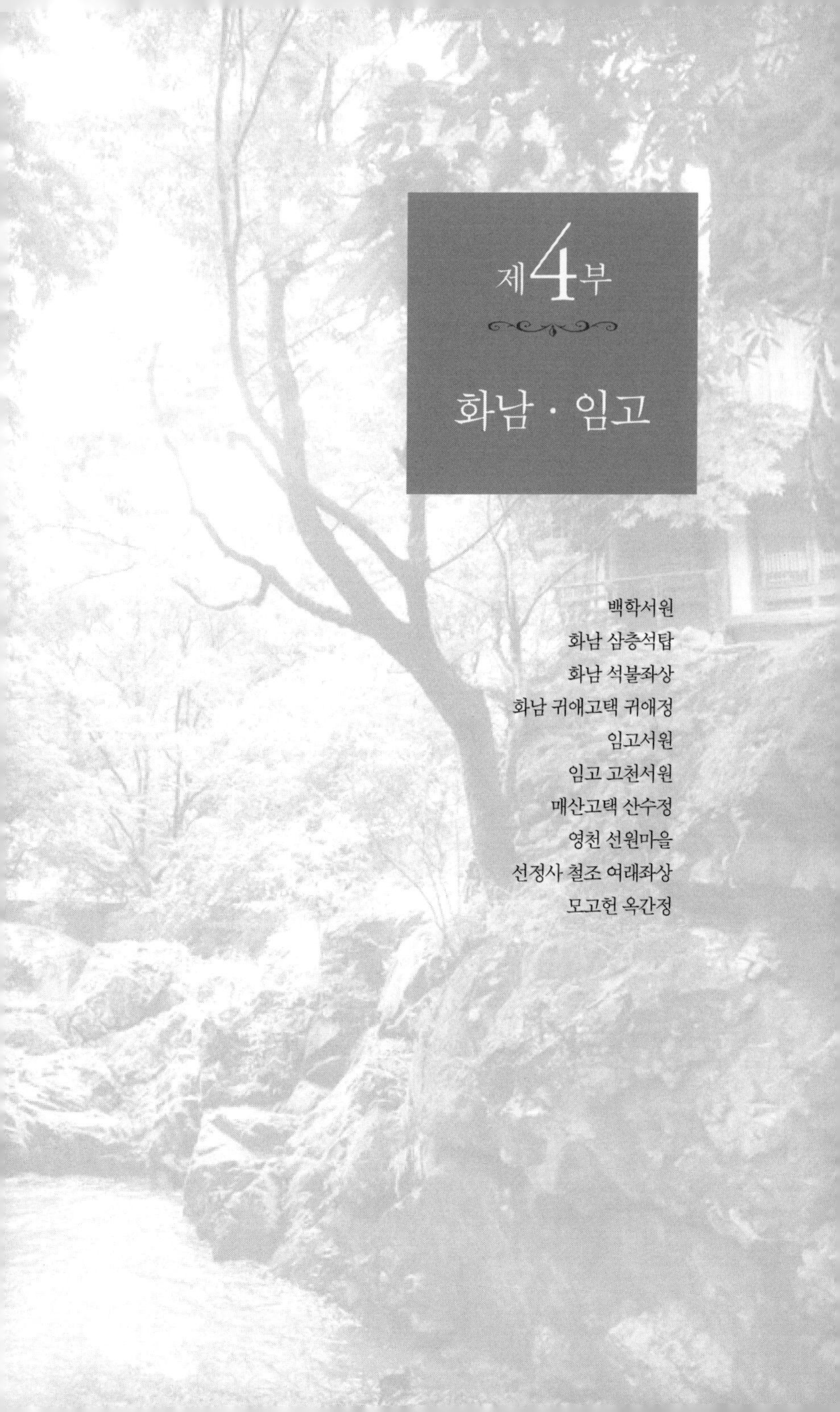

제4부

화남 · 임고

백학서원(白鶴書院)

노을도 붉게 물들이는 백학산 산야
아픔을 다독이며
허물어져 가는 서원
깊은 어둠 속으로 묻혀만 간다

수백 년 세월 속 밀려오는 시련을
간직한 서원
사람들은 다 어디로 갔는지
물음에 침묵하며
찾는 이로 하여금 가슴 아프게 한다

적막감만 쌓여만 가는 곳
누구 하나 찾는 이 없으니
허무한 생각들이 가슴 안을 파고들며
지나온 뒤안길에 울고 가는 바람이여

* 백학서원은 1555년(명종 10) 당시 신녕현감이었던 금계 황준량이 지역 유림들과 더불어 양강소 위 백학산에 건립하였다. 1592년 임진왜란 때 소실되어 1612년(광해군 4)에 중건하였다. 이후 민족교육의 요람으로서 일제강점기에는 민족 저항시인 이육사를 비롯하여 조재만, 안병철, 이원대, 이진영 열사 등 항일독립운동가를 배출한 곳이었지만 6.25한국전쟁을 겪으면서 폐허가 된 채로 방치되어오다 필자가 시집 《향수에 젖은 그리움》(2016.6.30. 41쪽)에 실상을 고발한 시 〈영천 백학서원〉(위 시와 본문내용 동일)을 발표한 이후 유형문화재로서 복원되었다.

화남 삼층석탑

노을 묻은 산바람에 석순처럼
돋은 아픔을 간직한 석탑
길고도 아픈 세월 응어리로 맴돌고
무거운 생각들이 이끼로 돋아나
초록 향기에 묻힌다

초록빛 싱싱한 산자락
들풀들 고만고만 모여 있는 자리
천년의 풍상을 거듭한 탑은
긴 역사가 빈 가슴을 적시는가

*화남 삼층석탑은
대한민국 보물 제675호.

화남 석불좌상

우거진 녹음 속
천년의 침묵으로 흘러간 시간
꿈처럼 피어난 대적광전 석불
가슴 속 파고드는 자비로움이여

중생의 아픔을 묵시적 눈빛으로
영혼을 맑게 하는 석불은
마음이 편치 않아
흔들리는 나를 본다

*신라 말 고려 초에 조성된 석불로서 대한민국 보물 제676호.

화남 귀애고택 귀애정

겨울 햇살이 반짝이는 우목산 자락
자리 잡은 고택과 귀애정은
별판을 곁에 둔 자연을 품고
이백오십여 년 꿋꿋하게
버티며 오랜 시간이 주는
단단한 힘이 그리움으로 싸르고 있다

선비정신과 종부의 삶이 묻어 흐르는 고택은
산 너머 석양 붉은 노을에
지내온 세월의 흔적도 되돌아보고 있다

세월만큼 젖어 있는 고택과 정자는
묵묵히 쌓아 올린 선비의
목소리(墨香) 들리는 듯하고
세월의 언저리로 서러운 눈물 빛이
연못에 어리고 있다

*경상북도 문화재 자료 제339호.

임고서원

산천을 가득 담아 흐르는 구름은
서원을 바라보며
하늘 아래 슬픔이 너뿐이더냐
참아라 참아 때로는 바람이 와서
쓰다듬고 지나간다

구름으로 바람으로 흘러간 세월을
가득 담아 그리움으로 띄우는 서원은
충신 포은 정몽주 선생 큰 그늘이
학문의 산실이 되어 보석처럼 빛난다

오백여 년 풍상을 겪으며 묵묵히
천공(天空)을 향해 뻗어 오른 은행나무는
푸르디 푸르건만
설움달로 띄우면 청산도 그도 울겠지

*경북 영천의 임고서원에는 고려말 충신 포은 정몽주 선생의 위패가 모셔져 있다. 임고서원은 경상북도 기념물 제62호, 수령 500년의 임고서원 은행나무는 경상북도 기념물 제63호로 지정된 보호수.

임고 고천서원

대쪽 같은 선비정신을 느끼는
대나무 숲과
성현의 지혜가 눈앞에
펼쳐지는 서원은
수많은 현인의 발자취가
묻어 흐른다

충절의 정신과 선비의 묵향(墨香)이
묻어 흐르는 서원
오백여 년 풍상을 지내온
서러운 발자국 소리
그 영혼이 울고 가네

* 임고 고천서원은 경상북도 기념물 제144호.

매산고택(梅山古宅) 산수정

산은 산끼리 이어진 나직한 산기슭
햇살도 가슴 열려 있는 곳
자리 잡은 고택과 산수정(山水亭)은
댓잎(竹林) 흔드는 바람소리에
그 옛날 선비의 숨소리 들리는 듯하다

빛바랜 편액은 종택과 서까래를
지켜낸 듯하고
풍경은 수시로 옷을 갈아입는데
서산을 넘어가는 햇살이 아쉬워
그리움을 띄운다

산새 솔바람 소리 듣고 있는 산수정
시름 없이 바라보는 하늘 멀리
기척 없이 저물어 가는 노을을 바라보며
힘겨워 하고 있다

* 영천 매산고택은 조선시대 가옥으로 국가민속문화재 제24호로 지정. 매산 정중기(1685~1757) 선생이 짓기 시작하여 둘째 아들 정일찬 씨가 완성시켰다.

영천 선원마을

우뚝하게 솟은 둥근 산봉우리 아래
낮은 산으로 둘러싸여 곱게 누운 산자락
고향 산천 굽이굽이 논밭 길 가꾸어 가는 자호천
마음 속 깊은 흔적을 안고 있는 마을
살아온 무게만큼 고독감이 깊어간다

마을을 향해 당당한 풍채를 드러내고 있는 고택
솔향기 묻어 흐르는 함계정사
바람이 흘리고 간 무거운 정적 위로
종부의 애틋한 삶이 젖어 흐르고 있다

초록빛으로 물든 산과 들은
해와 달이 번갈아 지워 버린
추억을 곱게 간직한 마을은
학산이 병풍처럼 감싸고 있는 듯하다

* 영천시 임고면 선원마을에 있는 함계정사(涵溪精舍)는 경상북도 문화재자료 제230호로 지정되었으며, 임진왜란 때 의병장이었던 정세아(鄭世雅)의 현손인 정석달(鄭碩達, 1660~1720)이 학문을 가르치기 위해 지은 건물이다.
경상북도 중요민속자료 제107호인 선원리 정용준 가옥은 현 주인인 정용준 씨의 8대조가 조선 영조 원년(1725)에 건축한 것으로 본채와 정자로 구성되어 있다.

선정사 철조 여래좌상

비바람 천년을 온 힘으로 버텨온
철조 여래불좌상은
상처와 아픔을 넘어
영혼 안에 침묵하는 그리움이
촉촉이 젖은 법의는 간략한 옷주름이
물결치듯 아름다움이 흐르고 있다

천년 세월을 오롯이 간직한
철조 여래불좌상은
겹겹이 쌓여 녹슨 상처로 얼룩져 삭이고
새김질해도 의연함을 보이며
자비로움과 법열의 향기가 묻어 흐른다

*통일신라 말기부터 고려 전기에 걸쳐서 조성된 철불좌상은 높이 151cm, 폭 48cm이며, 대한민국 보물 제513호.

모고헌 옥간정

산 따라 계곡물 굽이굽이 흐르는
물소리 새소리 들리는 모고헌(慕古軒)과 옥간정(玉磵亭)
고요한 밤하늘 보현산 머문 달빛
적막감만 묻어 흐르고 있다

흐르는 세월에 힘겨워하는 고목(古木)들은
고택과 정자를 지켜보고 있지만
종부의 숨결 소리도
한 줄기 바람 속으로 젖어드는 그리움이여

계곡물의 정자는 흰 구름 띄우고
실바람 가볍게 스쳐 가는
푸른 나무 이파리는 그날 그대로인데
지엄한 선비정신은
노을빛 속 돌아보는 인연이여

*경북 영천시 화북 소재의 옥간정과 모고헌은 경상북도 유형문화재 제 270호와 271호.

제 5 부

자양 · 화북

기룡산
기룡산 묘각사
영천댐
자양 용계서원
자양서당
보현산 천문대
화북 느티나무(풍영정)
화북 정각 별빛마을
화북 정각리 삼층석탑
화북 자천교회
화북 학가산 봉림사
거동사
화북 오리장림

기룡산

봄바람 초록나무 이파리 휘청거리는
기룡산 푸른 숲속
초록 공기 감아도는 산길 따라 걷다 보면
젊음의 숨결이 바람에 넘실넘실거린다

겹겹의 능선 따라
굴곡으로 맺어진 인연의 세월을 안고
흐르는 산 계곡 물소리는
욕심을 비우면 이 세상 어디에도
낙원(樂園) 아닌 곳이 따로 없다 말한다

투명한 햇살 받아 빛나는 연초록
나무 이파리는
신선한 초록 향기 품고 가슴 파고드는
바람소리에
잊어버린 나를 되돌아보게 한다

기룡산 묘각사

하늘 이은 산문 아래 묘각사(妙覺寺)
바람이 소리를 만나 품어내는
풍경이 있는 그 날의 그 자리에
한 생애 쌓은 그리움이 꽃으로 피어나
솔향기에 묻어 흐른다

기룡산을 품고 있는 묘각사 푸른 숲속
나무 이파리는 바람에 손짓하며
때 묻은 이승 번뇌 무엇으로 남기려나
살아온 깊이만큼 계곡물에 비우고
씻으라 하네

*묘각사는 1320여 년 전 신라시대 성덕여왕 때 의상대사(625~702)가 창건한 도량이다.

영천댐

구곡이 감아도는 금호강 상류
산과 산 사이를 채운 호수
물빛이 맑고 푸르며 고즈넉하다

새벽녘 피어오른 물안개
햇살 한가득 머금어 보석처럼 빛난 물빛이
바람에 물주름 잡혀 잔잔히 밀려오는 소리
고향 산천 소식 전하려 한다

강물이 흘러와 아늑하게 잠든 호수는
달빛 덫에 걸려 바람에 뒤척이고
별을 건지려고 쳐둔 그물에는
달그림자가 퍼득인다

호숫가 벚꽃 백리 길은
바람결에 꽃향기 펼쳐진다
형형색색의 봄향기 풍기는
꽃과 어린 연녹색 이파리들은
오시라 오시라 바람에 손짓하며
발길 닿는 곳마다
봄꽃과 초록 이파리들은

바람결에 스치는 향기를 풍기며

관광객을 부른다

*높이 42m, 제방길이 300m.
1974년 10월 착공, 1980년 12월 준공.
포항제철공업단지에 공업용수와 금호강 중류 하류에 농업용수를 공급하는 다목적 댐이다.

자양 용계서원

세월에 걸린 햇살 너머로
선비들이 오고 가며 배우고 익혀 나가는
묵향이 묻어 흐르는 서원은
인간다운 삶을 살고자 한
옛 선비들의 숨결이 묻어 흐르고 있다

학덕과 충의를 가슴에 품고
문턱을 낮추고 선정을 베푼 서원
엄연한 그리움이 별빛처럼 흐르는데
세월에 밀리어서
멀어져 가는 역사여

*용계서원(龍溪書院)은 조선 초기의 문신이며 생육신의 한 사람인 경은(耕隱) 이맹전(李孟專, 1392~1480) 선생을 추모하기 위하여 정조6년(1782)에 왕명으로 건립된 서원으로서 경상북도 유형문화재 제55호이다. 이밖에도 이곳의 이맹전 선생 제단은 경상북도 유형문화재 제54호, 부조묘는 제53호로 지정되어 있다. 또 용계서원 입구의 원각 쉼터에는 수령 300년 된 은행나무가 보호수로 자리하고 있다.

자양서당

길고도 아픈 세월
가슴에 품고 있는 서당은
서생들의 글 읽는 소리
은행나무 그늘에서 학문을 장려하는
훈장의 모습이 담겨
지난날의 소중함을 가슴 깊이 품고 있는 듯하다

전설의 고향처럼 역사의 표적으로
남아 있는 동인각과 서당은
충절의 고장임을 알리는 듯하고
넉넉한 세월의 발자취를 담아
노을빛 서산마루에 젖어 흐르고 있다

*동인각은 경상북도 유형문화재 제77호.
자양서당은 경상북도 유형문화재 제78호.
현판은 퇴계 이황 선생의 친필이다.

보현산 천문대

하늘과 맞닿을 듯한 높고 높은 산
봄이 오는 소리에
어린 연초록 이파리들이 숨 쉬는 산속 숲은
초록공기 향기롭고
생명을 잉태하는 소리로 가득 차 있다

해와 달 구름을 가장 가까이 만나는
산봉우리에
자리 잡은 천문대는
자연의 풍광 속으로 몸을 담근 채
별이 반짝이는 하늘 풍광을
감상하고 있는 듯하다

화북 느티나무(풍영정)

흰 구름 피어나는 천공(天公)을 향해
안개 속 피는 고독으로
오백여 년 풍상을 바라본 느티나무
가슴에 고인 설움을
노을빛에 문지르고 있다

한가롭던 지난날은 사랑의 아픔인지
부대낀 세월 앞에 아픔은 쏟아지고
마디마디 혹이 나 있는 나무는
시(時) 속에 누운 영토
살아 있는 이정표여

화북 정각 별빛마을

쟁기질하며 밤하늘
달과 별을 헤아리는 정각 별빛마을
마을 따라 흐르는 냇가 물소리
돌로 쌓아 올린 담벼락
한낮에 울어대는 닭소리
고향의 넉넉함과 향수를 느낀다

문화 유적이 분포되어 있는 마을은
흘러간 지난날이 가슴에 젖어오는
소중한 내일이 있어
묻어둔 고향이 눈에 밟히네

화북 정각리 삼층석탑

산새소리 멀리서 들려오는 보현산 산자락
초록나무 이파리들 스친 바람
가슴 안을 적시는데
원력(願力)으로 쌓아 올린 삼층석탑
지난 세월만큼 그리움을 사른다

인연의 골짜기로
들풀들이 깔아 놓은 자리에
우뚝 선 삼층석탑
기울어 가는 달과 우리 그림자도 지워져 가는
애련의 역사가 묻어 흐른다

* 정각리 삼층석탑은 고려시대 석탑으로 경상북도 유형문화재 제 269호.

화북 자천교회

하얀 벽과 고풍스러운 기와지붕 위
별빛 풀어놓은 하늘을 향해
홀로 바라보는 종탑 십자가
하느님의 은총이 숨어드는 교회
과거와 현재를 아우르고 있다

마을 앞을 흐르는 맑은 자을천을
품고 있는 교회
영혼을 맑게 하는 찬송가 소리
성도들 가슴을 물들이는
넉넉한 기도하는 신앙의 요람지로
자리매김하고 있다

*자천교회는 백년 역사를 가진 교회로서 경상북도 문화재자료 제452호로 지정되어 있다.
*자을천은 보현산에서 발원한 횡계천과 노고령에서 발원한 고현천이 옥계에서 합류, 마을 앞을 乙자형으로 흐른다 하여 자을천 또는 자천으로 부르게 되었다고 한다.

大雄殿

화북 학가산 봉림사

청량한 공기 속내를 씻어내는
학가산 산속
새들의 청아한 소리 가슴에 안긴 산사
고승(高僧)들의 법력(法力)이 묶여 있는 도량
지치고 힘든 영혼들의
아픔을 다독이고 있다

세월의 무상함을 알리는
눈물 꽃이 아리게 피어있는 산사
조용히 속삭여 주는 바람 소리
풀벌레 소리 듣는
고요가 젖어 흐르고 있다

*봉림사 대웅전 석가모니 후불탱화는 경상북도 유형문화재로 지정되어 있다.

거동사

바위 사이를 굽이굽이 흘러 온
청량한 계곡 물소리 들리는 보현산 산자락
자리 잡은 거동사(巨洞寺)
석향이 물들어 갈 땐
뿌리까지 파고드는 그리움이 젖어흐르고 있다

태곳적부터 겹겹이 쌓아온
보현산 산속 솔향기 초록향기 묻어 흐르는 도량
산 솔새의 맑은 소리 깊어가는 밤
영원으로 이어지는 달빛과 별빛이 쏟아져
옛 향수를 달래듯 반짝이고 있다

*거동사는 경상북도 유형문화재 제137호다. 신라시대 의상대사가 창건한 사찰로서 대웅전은 맞배지붕 다포집으로, 전면은 꽃살무늬로 화려하게 장식되어 있다.
국가보훈처는 2013년 2월 현충사찰로 지정하였다.

大雄殿

화북 오리장림(五里長林)

햇살 한가득 머금은 자천리 강가
천년의 세월을 간직한
초록향기 감아도는 숲에서
울음 먹는 매미소리 새소리 물소리에
삶의 애환이 숲속을 울리고 있다

푸른 공기 가슴에 품고 있는 숲은
무릎과 허리 휘어진 고목(古木)들과
싱싱하고 젊음을 자랑하는 나무들은
바람에 거친 숨결을 몰아쉬며
넘실넘실거린다

*오리장림은 천연기념물 제404호.
400여 년 전부터 형성된 것으로 알려진 숲은 보호종인 솔부엉이, 황조롱이, 파랑새 등이 서식하고 있다.

제6부

대구선

대구역
동촌역
반야월역
청천역
하양역
금호역
봉정역
영천역

대구역

영천, 봉정, 금호, 하양, 청천, 반야월, 동촌을 지나면
바로 대구선 시종역인 대구역사
흐르는 세월 속
옛 모습은 사라지고
아득한 기억 속에 그림자처럼
그리움으로 지나간다

울먹이는 기적소리
가슴 안 가득가득 안고 오고가던
그 많은 승객들은 다 어디로 보내고
통과하는 '무정차' 열차를 바라보며 손을 흔든다

흔들리는 바람과 함께 열차가 '무정차' 지나간 뒤
가끔 정차하는 열차는
세상살이 이야기하는
오고가는 승객들은
따뜻한 햇살이 비치는
삶의 자욱이 묻어 흐른다

* 1905년 1월 1일 보통역으로 영업개시.
1913년 12월 목조 2층 르네상스 양식으로 신축 준공.
1978년 12월 15일 역사 신축 준공.
2003년 1월 27일 롯데백화점 민자역사 준공.

옛 대구역사

이별의 대구정거장/ 남강수, 고봉산(1966)

불빛 흐린 플랫폼 이별의 대구 정거장
잘 가이소 잘 가이소 목메인 대구 아가씨
달성공원 로맨스가 왜 이다지 서러운가
출발의 기적소리 사나이 이 가슴을
사나이 이 가슴을 한없이 울린다

시그널도 목이 메인 눈물의 대구 정거장
잘 가이소 잘 가이소 눈물의 대구 아가씨
단둘이서 걸어보던 중앙통도 이별인가
아~ 아양교 팔달교의 추억이 날 울리네
추억이 날 울리네 나를 울리네

동촌역 – 허홍구 시인

동촌 반야월 청천 하양을 지나
금호 봉정 영천으로 이어지는 기찻길
온통 능금밭이었던 동촌 지나면
승객들의 얼굴도 능금 빛으로 붉게 익었다

동촌을 지나면 바로 대구역이었고
이 역을 떠나면 대구를 벗어나는 나들목 역
아직도 대구 능금의 향기가 묻어있는 이곳

백년 가까이 손을 흔들어주던 역사는
오고 가던 그 많은 손님들 다 어디로 보내고
이제 노병처럼 홀로 앉아 편안하게 쉬고 있네

아침 햇살만이 그때처럼 눈부시게 내리는…

*동촌역(東村驛)
1917년 11월 1일 영업개시(대구광역시 검사동 990번지).
2008년 2월 15일 폐역(근대문화재로 등록).
허홍구 시인 : 한국시인협회 회원으로 동촌역 관련시 〈간이역〉 발표.

반야월역

백년 가까이 묵묵히 참아온 역
승객들의 가슴에 담은 역사는
세월의 능선에서 무거운 생각들이
바람으로 누워 있다

따스한 체온으로 오고 가던 승객들
염연한 그리움이 흐르는 역사
모두가 떠난 자리
살아온 깊이만큼 햇살이 비친다

차창에 흔들리는 서러운 이별
반갑게 인사하는 가슴 더운 만남
함께하는 역사
흘러간 지난날이 추억으로 사라지고
노을빛 서산마루에 바라본 오늘이여

*반야월역(半夜月驛)
1917년 11월 11일 보통역으로 영업개시(대구시 동구 신기동).
1932년 현재의 역사 준공.
2008년 2월 15일 폐역(2006년 9월 19일 등록문화재 제270호로 지정).
2008년 대구선 이설 철도 영업종료.
기존 건물은 대구시 동구 신서동 대구선 2공원으로 이전 후 복원.
2011년 11월 29일 반야월 역사 작은 도서관으로 활용.

청천역

바닥을 걸어가는 바람을 몰고
천천히 승강장에 들어오는 열차는
승객들이 내리고 타며
역무원이 손을 흔들면
열차는 떠난다

능금 꽃향기 펄펄 날리는 계절은
숨길 수 없이 깊어만 가는데
역 광장을 벗어나자
녹슬지 않는 추억이 되살아나지만
뒤돌아보면 아득히 멀어지는
바람으로 사라져 간다

* 청천역(淸泉驛)
1917년 11월 1일 보통역으로 영업개시(경북 경산시 하양읍 청천리 463-2).
1938년 7월 1일 구역사 준공.
2008년 1월 1일 여객취급 중단.
2005년 11월 1일 이전역인 반야월역 사이와의 대구선 선로 폐선.
대구선 이설로 옛 향수를 찾을 수 없지만 정유사들의 저유소가 많아 유류화물을 주로 담당하고 있는 역으로 남아 있다.

하양역

금호강은 누운 채로 계절을 적셔 가지만
살아온 거리만큼 묻어나는 역
기다림과 두고 가는 아쉬움을
보내야 하는 마음
가슴에 젖어 흐르는 듯하다

한 세월 살아온 아픈 만큼
묻어나는 역사
모두가 어려운 시절
추억의 그림자는 세월에 사라지고
제 갈 길을 묵묵히 행하는 사람들
타고 떠나는 역사는
삶의 길목에서
가슴에 남아 꽃을 피우고 있다

*하양역(河陽驛)
1917년 11월 24일 보통역으로 영업개시(경북 경산시 하양읍 금락리 153-432).
2001년 9월 현재의 역사 준공.
2008년 1월1일 통근 열차 폐지.
2011년 4월 1일 매표소 위탁발매로 전환.
인근에 대학교가 위치, 학생들의 이용이 많다.

금호역

금호역

기찻길 따라
묻어오는 바람 같은 삶의 자욱이
스며드는 역
차창에 흔들림이 그리움을
지울 수 없는 역사는 지난 날의 추억을 그린다

떠나면 잊어질까
반갑게 인사하는 가슴 더운 사람
역무원을 찾아 차편을 물어보는 사람
그 많은 사람들은 다 어디로 보내고
반백 년이 넘은 세월 속
깊어진 내 고향 역사는
밤비 속에 젖어든다

세월에 밀리어 흘러간 시간들이
꿈처럼 피어나고
먼지마저 가라앉아 있는 역사
고달픈 몸으로 홀로 쉬고 있다

*금호역(琴湖驛)
1918년 5월 20일 보통역으로 영업 개시(경북 영천시 금호읍 덕성리).
2007년 여객 취급 중단. 계간 『한강문학』에 작품 발표.

봉정역

시작도 끝도 없는
속절없는 세월 속
벽화처럼 걸린 침묵은
바람으로 스쳐간다

세월이 흘러가는 속도로
무겁게 달리는 열차는
무심하게 지나가지만
언제나 간이역을 쓰다듬어 가는 바람은
가슴에 실려 오는 그리움으로
흘러가고 있다

헤어짐과 만남이 그러하듯
이정표 세워놓고
모두가 떠난 간이역
적막감만 깊어간다

*봉정역(鳳亭驛)
경북 영천시 관정리 128번지.
금호역과 영천역 사이에 있다.

봉정역

영천역

산다는 껍질 속
수많은 승객들은
바쁜 일상 속에서도
열차를 타고 내리는 기찻길 따라
치열한 세월의 강을 건너고 있다

지난날의 아픔을 기억하는
급수탑은
총탄 자욱이 남아 있는 6.25 뒤안길을
간직하고 있는 듯하고
인연의 고리 고리 이어지는 역
헤어짐도 만남처럼 숨쉬는 역사이다

중앙선에 있는 역은 대구선 시종역이기도 하며
한국철도 100주년 기념하는 스탬프 비치한 역사는
오늘도 그때처럼 햇살이 비친다

* 영천역(永川驛)
1937년 세워진 급수탑은 보존상태가 좋아 6.25 한국전쟁 당시 총탄자욱이 남아 있으나 역사적 가치를 인정받아 등록문화재(50호)로 지정. 1918년 11월 1일 보통역으로 영업 개시(경북 영천시 완산동 891번지). 1948년 3월 1일 역사 준공. 1995년 11월 27일 현재 역사 준공.

역사의식과 전통의식의 고향문화시

– 시집 『시로 담은 영천 별빛에 물들다』를 중심으로

유 한 근
(문학평론가)

필자는 허남준의 시를 일별할 기회를 가진 적이 있다. 그때 필자는 "시인 허남준의 시세계는 다분히 불교적이다. 불교를 모티프로 하는 반면, 불교의 이속성과는 다르게 현실에 대한 관심이 지대하다. (…) 우리 불교시의 새로운 지평을 여는 여러 방편을 제시해 줄 것은 물론이고, 사물이나 사상(事象)에 대한 불교적 인식과 상상력으로 (…) 무한함을 보여줄 것으로 기대된다. 불확실성 시대에 이러한 우리의 기대는 자명한 사실이다"(졸고 「인연 혹은 불교적 상상력」에서)라고 서평으로 쓴 바 있다.

그러나 이번의 그의 시집 『시로 담은 영천, 별빛에 물들다』를 읽으면서 나의 그에 대한 시 담론을 다소 수정해야 했다. 물론 불교와 관련된 시적 모티프로 한 시를 쓰고는 있지만, 그가 '시인의 말'에서 고향과 문화유산 답사를 모티프로 한 시들이 중심을 이루었기 때문이다.

허남준 시 세계가 가지고 있는 창작 영역이 확대되었음을 알게 되었다. 시 세계에 대한 확장성은 시인으로서의 삶의 공간에서 바람직한 일이다. 이 점에서 우선 흥미 있게 주목했다.

허남준 시인은 '시인의 말'에서 이렇게 토로한다. "인간은 누구나 태어난 고향을 마음에 간직하고 가끔 그리움에 젖어들기도 한다. 필자 또한 마음에 간직한 고향 땅을 몇 년 동안 선조들이 남긴 귀중한 문화유산을 답사하고 느낀 점을 시로 담아 보았다"가 그것이다.

이에 따라 이 시집 『시로 담은 영천 별빛에 물들다』는 이렇게 구성되어 있다. 제1부 영천 북안, 제2부 금호 대창, 제3부 청통 · 신녕, 제4부 화남 · 임고, 제5부 자양 · 화북 등 아름다운 고향마을의 이름으로 나누어 그곳의 문화유산을 답사하여 그 정신을 되새기는 전통문화기행시, 혹은 향토문화에 관련된 역사와 인물, 그리고 그들의 정신을 시로 형상화하는 향토문화시 창작작업을 했다는 점에서 그 특징이 있다.

T.S. 엘리엇은 「전통과 개인의 재능(Tradition and the Individual Talent」이라는 글에서 이렇게 말한 바 있다. "전통은 첫째 역사의식을 의미하는 것으로, 이 의식은 25세 이후에도 시인이 되고자 하는 이에게는 필수불가결하다. 이 역사의식에는 과거의 과거성에 대한 인식뿐만 아니라 과거의 현재성에 대한 인식까지도 포함된다"는 것이 그것이다. 여

기에서의 '역사의식'은 전통의식, 전통정신을 의미하는 것으로 객관적 의식 혹은 감상주의적인 서정시가 아니라 이미지를 중시하는 몰개성의 시를 쓰라는 말하는 것으로 전통의식이나 전통의 정신을 지녀야 한다는 말을 의미한다. 한국시의 전통성은 풍류와 선비정신이다. 유교적인 삶의 철학과 불교적인 인식을 의미한다고 볼 수 있다. 그런 점에서 필자는 우선 허남준 시의 선비정신을 기린 시부터 탐색해 보려 한다.

1. 선비정신과 묵향

이 시집 『시로 담은 영천 별빛에 물들다』에 수록된 시에서 빈번하게 차용된 시어는 '묵향'과 '선비정신'이다. 옛날부터 문인 혹은 선비의 서재에는 문방사우라 불리우는 붓[筆]·먹[墨]·종이[紙]·벼루[硯] 등 네 가지 필수품이 갖추어 있었다. 묵향은 이 문방사우의 후각적 이미지를 표상하는 이미지이다. 또한 선비를 표상하는 후각적인 이미지이다.

묵향을 맡으며 글을 쓰는 옛 선비들
영혼이 가득 스며 있는 호연정(浩然亭)
유유히 흘러가는 구름의 자국마다
지난날의 그리움이

저녁노을에 젖어 흐르고 있다

때가 되면 버릴 줄 아는 청빈한
마음으로 살아가려는 선비정신이
묻어 있는 정자는 후학을 가르치는
선생의 목소리 들리는 듯하다

권력의 무상함을 바람결에 흘려놓고
구곡을 감아 흐르는 금호강을 바라보며
냉혹한 자기 성찰을 통해 마음의 창을 열고
먹을 갈면 그 묵향이 가득히 묻어
집필한 책들은 보석처럼 빛난다

– 시 「호연정 –병와유고(甁窩遺稿)」 전문

'병와유고' 라는 부제가 붙은 위의 시 「호연정」에서의 '호연정' 은 이 시에 대한 각주에서 밝혔듯이 조선 숙종조 때 청주목사 등 요로(要路)에서 지방관을 지낸 이형상이 영천 성내동에 호를 따 짓은 집으로 30년간 후학의 양성한 교육공간이다. 그리고 부제인 '병와유고' 는 그가 남긴 보물 652호(1979. 8.)로 지정된 책을 의미한다.

이 시는 병와 이형상 선생의 "때가 되면 버릴 줄 아는 청빈한/ 마음으로 살아가려는 선비정신" 을 기리며, 호연정에서 "후학을 가르치는/ 선생의 목소리" 와 묵향을 감각적인 이미지로 표현한다. 그리고 마지막 연에서 금호강을 바라보면서 "권력의 무상함"을 그리고 집필한 책의 묵향을 통해서 "냉혹한 자기 성찰"을 환기한다. 따라서 이 시에서 시인이 말하고자 하는 바 '선비정신'은 청빈과 후학 양성으로 보고, 그것을 표상하는 것을 묵향으로 인식한 시로 선비의 정자를 모티프로 쓴 시로 볼 수 있을 것이다.

이런 맥락의 다른 시는 「신녕 환벽정(環碧亭)」이다. 이 시는 각주에 의하면, '신녕 환벽정(環碧亭)'은 영천 조양각 다음으로 긴 역사를 가지고 있는 정자로 정몽주, 유병선, 박인로 등 지역을 대표하는 많은 선비들의 시액 현판이 걸려 있는 공간이다. 그래서 시인은 이 시의 서두에 "벼루에 물을 붓고 먹을 갈면서/ 사색을 하는 선비들의 묵향이/ 묻어 흐르는 정자"라고 노래한다. 그곳에서 "달빛마저 채울 수 없는/ 외로움의 공백이 지난날을 그린다"라고 술회한다. 그리고 2연에서는 "바람이 흘리고 간 산기슭 정자/ 선비들의 만남과 이별 속 보낸 세월이/ 낙엽처럼 쌓이고 흩어져 가는데/ 시간 속 날아가는 혼자만의 고독이/ 새벽잠 털어내는/ 애잔한 벌레소리처럼 들린다"(시 「신녕 환벽정」 전문)이라고 그곳에서 시액을 통해서 만나는 선비들과의 만남과 이별의 고독과 비애를 노래한다.

한편, 시 「영천 호수종택(湖叟宗宅)」에서는 그 호수종택(경상북도 유형문화재 제90호)을 "흙과 살고 별을 보며/ 묵묵히 안으로 안으로만/ 가슴앓이 태"운다로 인식하고, "적막감마저 감아 도는 종택은/ 시간을 다독이며 지탱해 온 세월만큼/ 가슴 태운 종부의 삶이/ 그리움으로 묻혀 흐른다"라며 종부의 삶을 환기한다. 그리고 마지막 연에서 종택을 지키고 있는 고독한 삼백년 수령의 향나무를 통해 글밭을 누비는 선비정신으로 인식한다.

그리고 서원을 모티프로 한 시 「임고 고천서원」과 「자영서당」을 통해서 선비정신을 노래한다.

사원이나 서당은 선비정신을 학습하는 교육공간이다. 그리고 유교철학을 학문적으로 연구하는 연구기관이기도 하다. 그렇다면 허남준 시에서는 어떻게 나타나는가?

대쪽 같은 선비정신을 느끼는
대나무 숲과
성현의 지혜가 눈앞에
펼쳐지는 서원은
수많은 현인의 발자취가
묻어 흐른다

충절의 정신과 선비의 묵향(墨香)이
묻어 흐르는 서원
오백여 년 풍상을 지내온
서러운 발자국 소리
그 영혼이 울고 가네

– 시 「임고 고천서원」 전문

위의 시 「임고 고천서원」의 '고천서원' 은 1705년 임진왜란 당시 경주 서천 전투에서 순절한 김대해 의병 등 영천 출신 10명의 의사의 충절을 기리기 위해 창건하고 위패를 봉안한 서원으로, 선현 배향과 지방 교육의 중추적 구실을 담당해 많은 후학을 배출한 곳으로 알려져 있다.

그리고 그곳 부근에는 포은 정몽주 생가터 추정지에는 생가의 주춧돌로 추정되는 돌이 드러나 있으며 인근에서 기와 조각과 도자기 파편이 여러 점 발견되는 곳으로 알려진 곳이다. 그래서 위의 시에서는 "성현의 지혜가 눈앞에/ 펼쳐지는 서원은/ 수많은 현인의 발자취가/ 묻어 흐" 르고, "오백여 년 풍상을 지내온/ 서러운 발자국 소리/ 그 영혼이 울고 가네" 라고 의사, 의병 10명의 충절이 깃든 곳이라 서러운 영혼의 울음이 있는 곳으로 인식한다.

그리고 선비정신을 대나무 이미지로 표상하고, 선현의 지혜가 펼쳐지고 있는 곳으로 인식한다. 자양서당은 경상북도 유형문화재 제78호인데 허남준 시인은 자양서당을 "은행나무 그늘에서 학문을 장려하는/ 훈장의 모습이 담겨/ 지난날의 소중함을 가슴 깊이 품고 있는 듯하다" 고 인식하며, "전설의 고향처럼 역사의 표적으로/ (…) /충절의 고장임을 알리는 듯하고/ 넉넉한 세월의 발자취를 담아/ 노을빛 서산마루에 젖어 흐르고 있다" 고 노래한다.

이렇듯 허남준 시인은 영천 일대의 정자, 서원, 서당, 종택 등 문화유산의 역사성을 바탕으로 하여 우리의 전통정신인 선비정신과 선현의 지혜를 환기한다. 그뿐만 아니라 그 지역의 문화유산인 사찰과 불기를 찾아 노래하기도 한다.

2. 불교문화유산과 자비심

경북 영천 그 인근의 사찰은 적지 않다. 허남준 시인은 문화유산으로서 가치가 있는 유서 깊은 사찰들을 답사하여 그 사찰의 역사를 기반으로 하여 그 공간의 정신을 탐색한다. 불교유산은 우리 민족의 유산이기 때문이다. 시 「우봉산 죽림사」, 「대창 영지사」, 「팔공산 백흥암」, 「팔공산 거조암」 등이 그것이고, 불교문화재로 지정된 「신월리 삼층석탑」, 「화남 석불좌상」, 「선정사 철조 여래좌상」 등이 그것이기도 하다.

초록바람이 손짓하던 유봉산 산자락
자리 잡은 팔각지붕 극락보전
밤 하늘가에 달빛 푼 고요가 밀려들어
내 영혼 속살 아픈 숨결을 다독인다

상처 없고 아픔 없는 곳이 어디 있으련만
지난 전쟁의 상처와 역사를 간직하고 있는 사원은
낭랑한 목탁소리에 인연의 여린 숨결이
불심(佛心)으로 꽃피운다

바람과 햇살이 쉬어간 여백을 둔 도량(道場)
애절한 독경소리에 조용히 눈을 뜨면
영혼의 여울에 자비심(慈悲心)이 숨어든다

– 시 「유봉산 죽림사」 전문

위의 시 「유봉산 죽림사」는 사찰이라는 모티프와 불교물품 등 불교 관련 시어로 시를 형상화한 불교시이다, 각주에 있듯이 죽림사는 도선국사가 창건한 천년고찰이나 임진왜란과 6.25 한국전쟁시 폐허가 되어 그 후 복원 증축된 사찰인 데 반해 극락보전의 철조 여래좌상은 경북 유형문화재 제425호로 지정된 불상이다. 그래서 사찰을 위의 시에서 "지난 전쟁의 상처와 역사를 간직하고 있는 사원"으로 표현하고 있고, 마지막 연에서 "바람과 햇살이 쉬어간 여백을 둔 도량(道場)/ 애절한 독경소리에 조용히 눈을 뜨면/ 영혼의 여울에 자비심(慈悲心)이 숨어"드는 사찰로 표현하고 있다. 허남준 시인은 이 죽림사를 자비의 도량으로, "영혼 속살 아픈 숨결을 다독"이는 관념적 이미지로 인식한다.

그리고 시 「대창 영지사」에서도 마지막 연에서 "침묵의 역사 속에 구원의 불타는/ 자비로운 숨결이여"라고 노래하며 자비의 도량으로 인식하고, 또 번뇌망상을 내려놓게 하는 관념적 이미지로 인식하고 있다.

또한 시 「신월리 삼층석탑」에서는 "하늘 멀리 피어나는/ 그리움이 노을로 물든 곳을 바라보는 탑은/ 빈 들판을 메우고 있는/ 금호 들녘을 바라보며/ 고독의 향기가 쌓인 아픔도 / 자비로운 숨결인가"라고 노래하면서, "그리움이 노을로 물든 곳을 바라보는 탑"을 통해 자비심을 노래하기도 한다.

그리고 「화남 석불좌상」에서도 "우거진 녹음 속/ 천년의 침묵으로 흘러간 시간/ 꿈처럼 피어난 대적광전 석불/ 가슴 속 파고드는 자비로움이여"(1연)라 노래하면서 대적광전 석불을 통해 자비심을 노래한다. 그리고 "영혼을 밝게 하는 석불"이 "중생의 아픔을 묵시적 눈빛으로/ (…) / 마음이 편치 않아/ 흔들리는 나를 본다"고 노래한다.

「선정사 철조 여래좌상」에서는 "천년 세월을 오롯이 간직한/ 철조 여래불좌상은/ 겹겹이 쌓여 녹슨 상처로 얼룩져 삭이고/ 새김질해도 의연함을 보이며/ 자비로움과 법열의 향기가 묻어 흐른다"고 노래한다. 특히 1연에서는 철조 여래불좌상의 법의의 조각미학을 "상처와 아픔을 넘어/ 영혼 안에 침묵하는 그리움이/ 촉촉이 젖은 법의는 간략한 옷주름이/ 물결치듯 아름다움이 흐르고 있다"고 시각적으로 표현한다.

자비심(慈悲心)의 사전적 의미는 ―중생을 크게 사랑하고 가엾게 여기는 마음, ―자비(慈悲)의 마음으로, 자비의 자(慈)는 적극적으로 즐거움을 주는 것이고, 비(悲)는 소극적으로 괴로움을 없애는 것을 의미한다. 그러니까 자비는 괴로움을 없애주어 즐거움을 주는 것이다. 사랑이라는 개념과는 변별성이 있다. 괴로움과 즐거움은 등가치적 가치가 있다는 담론은 지나친 비약일 수 있지만 열반에 이르는 하나의 길로 인식하고 있는 셈이다.

초록이 드리워진 병풍 같은 팔공산
바람도 숨을 멈추는 듯한 백홍암
세월의 무게만큼 찬연한 빛의
숨결이 젖어 흐르고 있다

인연을 끊어놓고 떠나버린 바람처럼
굳게 다문 선승(禪僧)들의 선방(禪房)
묵언(默言) 속 나를 찾아가는 길은
숨결도 멈춘 듯하다

수행승(修行僧)의 고행이 마음 속 불빛은
촛불로 밝혀지고 향기로운 극락전과 명부전
업보(業報)의 사슬로 묶인 중생의 목마름이
꽃으로 피어나길 염원하는 염불소리
영혼마저 석양 노을에 젖어 흐르고 있다

– 시 「팔공산 백흥암」 전문

위의 시 「팔공산 백흥암」의 백흥암은 비구니 선방으로 일반 관광객의 출입이 금지되어 있는 사찰이며, 극락전의 수미단과 감로탱화는 각각 보물 제486호과 보물 제790호로 지정된 천년고찰이라고 한다. 이러한 향토의 문화유적을 모티프로 하여 허남준 시인은 한국전통사상의 한 가지인 불교미학으로 시를 형상화한다.

이 시의 2연과 3연의 사상은 엘리엇의 역사의식 혹은 전통의식인 우리의 불교사상과 잇대어 있다. "인연을 끊어놓고 떠나버린 바람처럼/ 굳게 다문 선승(禪僧)들의 선방(禪房)/ 묵언(默言) 속 나를 찾아가는 길은/ 숨결도 멈춘 듯하다// 수행승(修行僧)의 고행이 마음 속 불빛은/ 촛불로 밝혀지고 향기로운 극락전과 명부전/ 업보(業報)의 사슬로 묶인 중생의 목마름이/ 꽃으로 피어나길 염원하는 염불소리/ 영혼마저 석양 노을에 젖어 흐르고 있다"에서 보여주고 있는 한국전통불가의 수행방식과 상구보리와 하화중생을 통한 열반에 이르려는 불교정신이 그것이다.

그러나 이 시가 문학적 가치를 가지는 이유는 불교적 모티프 때문이기도 하지만 「팔공산 백홍암」의 이미지 때문임을 간과할 수 없을 것이다. 1연의 "초록이 드리워진 병풍 같은 팔공산/ 바람도 숨을 멈추는 듯한 백홍암/ 세월의 무게만큼 찬연한 빛의/ 숨결이 젖어 흐르고 있다"는 불교적 적요함과 해탈의 이미지가 돋보이기 때문이다. 필자가 이 평설의 서두에 언급한 "불교를 모티프로 하는 반면, 불교의 이속성과는 다르게 현실에 대한 관심이 지대하다"라는 실제적 면모를 환기시켜 주기 때문이다.

3. 고향사랑의 서정적 표상성

허남준 시인은 '시인의 말'에서 언급하듯이 고향사랑이 지극하다. "인간은 누구나 태어난 고향을 마음에 간직하고 가끔 그리움에 젖어들기도 한다"가 그것인데, 허남준 시인은 시 「그리운 고향(어은) 마을」에서 이렇게 묘사한다.

나직한 야산 산자락 골짝마다
한정된 공간 속 자리 잡은 초가집들

집집마다 대문이 없어도 도둑 걱정 없는 마을은
바람과 햇살이 쉬어가는
고즈넉함이 묻어 흐른다

솔향기 풀향기 묻어 흐르는 마을길은
밤이면 서성이는 달빛이
이슥토록 밝히는 그리움이 잦아든다

산그늘이 내려 하루를 지우는
어둠이 찾아들면 집 앞 논과 산
풀벌레 개구리 울음소리 들리는
푸른 고향 산천은 변하였지만
염연한 그리움이 별빛처럼 흐른다

세월의 흔적을 고스란히 간직한 동구 밖
왕버드나무 숲 고목들은 가지마다
초록 이파리는 진한 광채를 숲 사이로
일렁이는 청명한 바람결에
아픔을 털어내고 있다

– 시 「그리운 고향(어은) 마을」 전문

위의 시에서 우리는 시인이 그린 고향의 이미지를 접할 수 있다. "나직한 야산 산자락 골짝마다/ 한정된 공간 속 자리 잡은 초가집들/ 집집마다 대문이 없어도 도둑 걱정 없는 마을은/ 바람과 햇살이 쉬어가는/ 고즈넉함이 묻어 흐른다" 라는 서경적 이미지와 "솔향기 풀향기 묻어 흐르는 마을길", "밤이면 서성이는 달빛", "산그늘이 내려 하루를 지우는/ 어둠이 찾아들면 집 앞 논과 산"에 들리는 "풀벌레 개구리 울음소리" 그리고 "세월의 흔적을 고스란히 간직한 동구밖/ 왕버드나무 숲 고목들은 가지마다/ 초록 이파리는 진한 광채를 숲 사이로/ 일렁이는 청명한 바람결" 등 이러한 고향의 이미지를 그리워할 때, 시인은 세상의 모든 시름과 "아픔을 털어내고 있다"고 이 시를 통해 토로한다.

또한 시 「화북 정각 별빛마을」에서는 경북 유형지방문화재 제269호인 정각리 삼층석탑을 답사하기 위해서 '별빛마을'에 가서도 고향을 그리워한다. "쟁기질하며 밤하늘/ 달과 별을 헤아리는 정각 별빛마을/ 마을 따라 흐르는 냇가 물소리/ 돌로 쌓아올린 담벼락/ 한낮에 울어대는 닭소리/ 고향의 넉넉함과 향수를 느낀다// 문화 유적이 분포되어 있는 마을은/ 흘러간 지난날이 가슴에 젖어오는/ 소중한 내일이 있어/ 묻어둔 고향이 눈에 밟히네"(시 「화북 정각 별빛마을」 전문)가 그것이다.

허남준 시인은 시 「대구선」, 「금호역」, 「봉정역」 등 대구선 역사를 모티프로 한 여러 편의 시를 쓰고 있다. 대구선은 영천역과 대구 가천역을 연결하는 29킬로미터의 철도이다. 이 철로선은 원래 동대구를 기점으로 동촌 · 반야월 · 청천 · 하양 · 금호를 거쳐 영천에 이르는 철도로, 서쪽으로는 경부선과 동쪽으로는 중앙선과 각각 연결되는 철로이다. 이를 모티프로 해서 시를 쓴 이유는 아마도 역사가 지니고 있는 서정성과 고향 사랑, 그리고 고향의 유형문화재 사랑 때문인 아닌가 싶다.

영천, 봉정, 금호, 하양, 청천, 반야월, 동촌을 지나면
바로 대구선 시종역인 대구역사
흐르는 세월 속
옛 모습은 사라지고
아득한 기억 속에 그림자처럼
그리움으로 지나간다

울먹이는 기적소리
가슴 안 가득가득 안고 오고 가던
그 많은 승객들은 다 어디로 보내고
통과하는 '무정차' 열차를 바라보며 손을 흔든다

흔들리는 바람과 함께 열차가 '무정차' 지나간 뒤
가끔 정차하는 열차는
세상살이 이야기하는
오고 가는 승객들은
따뜻한 햇살이 비치는
삶의 자욱이 묻어 흐른다

– 시 「대구역」 전문

위의 시 「대구역」은 대구선의 시종역인 대구역사의 그리움으로 시작된다. "아득한 기억 속에 그림자처럼/ 그리움으로 지나간다"가 그것이다. "울먹이는 기적소리/ 가슴 안 가득가득 안고 오고 가던/ 그 많은 승객들은 다 어디로 보내고/ 통과하는 '무정차' 열차를 바라보며 손을 흔든다"에서의 기적소리는 그 옛날의 기적소리가 아니기 때문에 울먹이는 소리로 느꼈을 것이고, 정차하지 않고 지나치는 열차에 손을 흔드는 것은 지난날에 대한 작별을 의미할 것이다. 그리움은 남아 있으되 그 그리움을 안고 시인을 포함한 그곳 사람들은 그렇게 살아갈 것이다. "세상살이 이야기하는/ 오고 가는 승객들은/ 따뜻한 햇살이 비치는/ 삶의 자욱이 묻어 흐른다"처럼. 역사는 삶의 자욱이 흐르는 곳이다. 그것이 따뜻한 햇살 같은 삶의 자욱이든, 이별의 아픔이 흐르는 슬픔의 자욱이든 떠나고 다시 만나는 곳이기도 하다.

그래서 역사에는 어느 누구는 나름의 특별한 서정이 배어 있다. 이 서정을 시 「금호역」에서는 이렇게 보여준다.

기찻길 따라
묻어오는 바람 같은 삶의 자욱이
스며드는 역
차창에 흔들림이 그리움을
지울 수 없는 역사는 지난날의 추억을 그린다

떠나면 잊어질까

반갑게 인사하는 가슴 더운 사람
역무원을 찾아 차편을 물어보는 사람
그 많은 사람들은 다 어디로 보내고
반백 년이 넘은 세월 속
깊어진 내 고향 역사는
밤비 속에 젖어든다

세월에 밀리어 흘러간 시간들이
꿈처럼 피어나고
먼지마저 가라앉아 있는 역사
고달픈 몸으로 홀로 쉬고 있다

– 시 「금호역」 전문

위의 시에서 제시하는 '금호역' 은 경북 영천시 소재의 금호역이지만, 시 「금호역」의 금호역은 우리의 모든 역을 표상한다. 우리 모두의 그리움의 표상적 공간이다. 그래서 "기찻길 따라/ 묻어오는 바람 같은 삶의 자욱이/ 스며드는 역" 이고 "차창에 흔들림이 그리움을/ 지울 수 없는 역사" 에서의 "지난날의 추억을" 소환하게 된다. 그 역에서 허남준 시인은 "떠나면 잊어질까/ 반갑게 인사하는 가슴 더운 사람/ 역무원을 찾아 차편을 물어보는 사람" 들을 소환한다. 그러니 금호역은 밤비 속에 젖어들고, "먼지마저 가라앉아 있는 역사" 로 "고달픈 몸으로 홀로 쉬고 있" 는 존재일 뿐이다. 모든 기억들과 자신의 역사까지도 세월 속에 묻고 쉬고 있을

뿐임을 시인은 인식한다.

이와 같은 맥락에서 간이역인 '봉정역' 에서 시인은 그 쓸쓸함을 심화시킨다.

시작도 끝도 없는
속절없는 세월 속
벽화처럼 걸린 침묵은
바람으로 스쳐간다

세월이 흘러가는 속도로
무겁게 달리는 열차는
무심하게 지나가지만
언제나 간이역을 쓰다듬어 가는 바람은
가슴에 실려 오는 그리움으로
흘러가고 있다

헤어짐과 만남이 그러하듯
이정표 세워놓고
모두가 떠난 간이역
적막감만 깊어간다

– 시「봉정역」전문

봉정역은 금호역과 영천역 사이에 있는 간이역이다. 위의 시「봉정역」에서 시인은 그 역의 정체를 1연에서 "시작도 끝도 없는/ 속절없는 세월 속/ 벽화처럼 걸린 침묵은/ 바람으로 스쳐간다"라는 감각적인 이미지로 표현한다. "벽화처럼 걸린 침묵" 그 침묵이 바람으로 스쳐가는 봉정역. 그 역을 무서운 속도로 무심하게 지나치는 열차들. 그러나 "언제나 간이역을 쓰다듬어 가는 바람은/ 가슴에 실려 오는 그리움으로/ 흘러가고 있다"라는 이미지로 시인은 그 역에 대한 그리움을 형상화한다. 그리고 그 적막감에 대해서는 마지막 연에서 "헤어짐과 만남이 그러하듯/ 이정표 세워놓고/ 모두가 떠난 간이역"이라고 서정적으로 표현하기도 한다.

기차역의 표상성은 떠남과 만남, 이별과 재회의 공간으로 표상된다. 그러나 허남준 시인에게 있어서 대구선의 역들은 "흐르는 세월 속/ 옛 모습은 사라지고/ 아득한 기억 속에 그림자처럼/ 그리움으로 지나"(시 「대구역」에서) 가는 존재로, 그리고 "기찻길 따라/ 묻어오는 바람 같은 삶의 자욱이/ 스며드는 역/ 차창에 흔들림이 그리움을/ 지울 수 없는"(시 「금호역」에서) 공간으로 표상된다. 이런 표상은 시인이 지니고 있는 고향에 대한, 혹은 향토에 대한 서정공간 때문임은 자명하다. 또한 한국전통의식과 역사의식을 지키려 하는 고향 사랑 때문임도 자명하다.

허남준 시집

시로 담은 영천 별빛에 물들다

•

지은이 / 허남준
발행인 / 김영란
발행처 / 한누리미디어
디자인 / 지선숙

•

08303, 서울시 구로구 구로중앙로18길 40, 2층(구로동)
전화 / (02)379-4514, 379-4519
Fax / (02)379-4516
E-mail/hannury2003@hanmail.net

•

신고번호 / 제 25100-2016-000025호
신고연월일 / 2016. 4. 11
등록일 / 1993. 11. 4

•

초판발행일 / 2021년 10월 25일

•

•

값 12,000원

•

※잘못된 책은 바꿔드립니다.
※저자와의 협약으로 인지는 생략합니다.

•

ISBN 978-89-7969-843-5 03810